ODE
SUR LA RELIGION.

Y

ODE

SUR LA RELIGION.

Par Antoine-Charles.

───────◆───────

Il n'est lois ni sermens qui puissent retenir
Un cœur débarrassé du soin de l'avenir.
(Crébill., *Xerxès*, act. I, sc. 1re.)

PARIS,

DE L'IMPRIMERIE DE J. G. DENTU,

rue des Petits-Augustins, n° 5 (ancien hôtel de Persan).

1819.

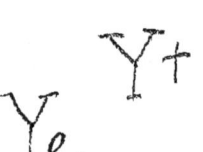

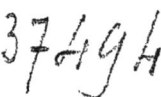

ODE

SUR

LA RELIGION.

La Religion prit naissance
Lorsque de généreux mortels,
Du Crime affrontant la puissance,
Brisèrent d'infâmes autels;
Et, dans sa fervente insomnie,
Guidé par les feux du Génie,
Le Poëte, amant des déserts,
Ravit aux nymphes d'Aonie
Les mystères de l'harmonie,
Qu'il sut joindre aux piéux concerts.

Bientôt brillèrent les miracles
Des Amphions et des Linus.
Un Dieu confia ses oracles
Aux trépieds, depuis méconnus :
Par lui l'Impiété bannie,
De l'implacable ignominie,
Reçut le prix de ses forfaits ;
Et, vainqueur de la calomnie,
Le Zèle, en sa sainte manie,
Célébra les divins bienfaits.

———

Non ! de la foudre vengeresse
Notre effroi n'arma point les Cieux :
Ce fut au sein de l'allégresse
Que l'Homme proclama les Dieux.
Disciple aveugle d'Épicure,
S'il prête à la matière obscure
La vie et la fécondité,
Lucrèce, au nom de la nature,
Offrant un culte à l'Imposture,
N'a pu fuir la Divinité.

Quand à Vénus, âme du monde,
Il paie un insigne tribut,
L'Immortelle même féconde
L'essor d'un vertueux début;
Mais d'une école détestée,
Le Sophiste, en son vers athée,
Révélant le vœu destructeur,
Soudain la Muse épouvantée
Déserte une lyre éhontée,
Opprobre du blasphémateur.

———

Jamais les saintes Piérides
N'ont, de leurs souffles créateurs,
Animé ces mortels arides,
Du Ciel effrénés contempteurs :
Si quelque flamme les honore,
Ce n'est qu'un décevant phosphore
Qui brille et fuit en un moment.
Éphémère et vain météore
Que l'ombre des nuits fait éclore
Des fanges d'un vil élément.

Ce feu pur qu'un dieu seul dispense,
N'est dû qu'à la pieuse ardeur :
D'Homère il fut la récompense ;
Virgile y puisait sa splendeur.
Vers les rives de Castalie,
Orphée à sa harpe rallie
Horace, Pindare et Rousseau :
Le Tasse, orgueil de l'Italie,
Milton, le peintre d'Athalie,
S'abreuvent au divin ruisseau.

———

Héritiers d'aussi grands exemples,
O vous, d'Apollon inspirés !
Prêtres fidèles à ses temples,
Redites les hymnes sacrés :
Aux doux accords des saints Cantiques,
Vers nos religieux portiques,
Je vois les peuples accourir ;
Je vois, déités fantastiques !
De vos sectateurs frénétiques
Les cœurs farouches s'attendrir.

Couvert d'un voile diaphane,
Au fabuleux Pinde emprunté,
C'est ainsi que mon vers profane
Diffamait l'Incrédulité :
Mais d'une sainte frénésie,
L'austère Piété saisie,
Rejète mon frivole encens ;
Et, comme aux déserts de l'Asie,
Jadis à la Tribu choisie,
M'ordonne de mâles accens.

———

Aux œuvres de la Providence
Pourquoi joindre un vain ornement ?
Dégageons enfin l'évidence
Des langes du raisonnement.
Que Zénon dise à son élève :
Rien ne se meut : Platon se lève,
Et d'un pas, confond l'imposteur :
Quand l'homme contre Dieu s'élève,
Le Ciel tourne : l'astre soulève
Le voile épais du Créateur.

L'Oreb vit, sur sa double cîme,
Moïse, aux pieds de l'Eternel,
Recueillir du rhythme sublime
Le privilége solennel :
D'un aussi fertile héritage,
Dieu se réservant le partage,
Aux prophètes l'a transféré :
Puisant à leur saint témoignage,
Les idolâtres du vieil âge
Dérobèrent le feu sacré.

———

Cet Orphée à jamais célèbre
S'éclaira chez l'Égyptien,
Et transmit aux enfans de l'Hèbre
Les dogmes chéris du Chrétien.
Mais avec l'Erreur confondue,
La Religion éperdue
Bientôt remonta vers les Cieux ;
Et, de vingt siècles attendue,
Sur nous est enfin descendue
Retrempée au Sang précieux.

Socrate, à sa divine trace,
Reconnaissant la vérité,
Émule du sage de Thrace,
L'enseignait à l'antiquité :
Brisant l'idole qu'il méprise,
Il va, dans Athènes surprise,
Du Dieu vivant fonder l'autel :
Envain la vertu l'autorise ;
Immortelle, cette entreprise
Voulait la main de l'Immortel.

————

L'Erreur, d'une vie éternelle
Repousse l'aspect consolant,
Et court se plonger, criminelle,
Dans les abîmes du Néant.
Mais quand l'Insensé la dénie,
L'âme, sur l'aile du génie,
Échappe au terrestre séjour,
Et, par l'instinct au Ciel unie,
Rêve l'existence infinie,
Salaire de son dernier jour.

Bannissez la Foi salutaire,
Et, libre d'un antique frein,
L'Athéisme, au loin, sur la terre,
Etendra son sceptre d'airain.
Dès lors d'un glaive légitime,
Vos lois frappent en vain le crime,
Instruit à braver le trépas :
Et, frustré d'un espoir sublime,
L'innocent que l'injuste opprime,
Regrette un dieu qu'il ne croit pas.

———

Noir précurseur de la tempête,
Aiguisant sa langue de fer,
Le Blasphême a dressé la tête,
Et de poisons infecté l'air :
Déjà la foule sacrilége,
Aux parvis que l'Autel protège,
Porte les feux dévastateurs :
Du sanctuaire qu'elle assiége,
Elle a souillé le privilége,
Et proscrit les adorateurs.

A cette implacable furie
Le Jour refuse son flambeau;
L'Enfer, d'une race flétrie
Creuse sourdement le tombeau :
A sa voix, de flèches nouvelles,
La Mort arme ses mains cruelles :
Méconnu, le Ciel a tonné ;
Et, dans ses haines immortelles,
L'Abîme prête encore des ailes
Au dragon qu'il a déchaîné.

———

Tout va périr : mais non ! l'Audace
Est changée en morne sommeil :
Quelle formidable menace
Ajourne un sinistre réveil ?
Levez-vous, astres téméraires !
Soudain, vos lueurs funéraires
Ranimeront de vieux fermens :
Une main retient les tonnerres !
Mais contre vous les Rois sont frères :
L'Autel a reçu leurs sermens.

Le Pouvoir légitime expire
Où languit la Religion.
Veillez, Princes! de votre Empire,
Exilez la contagion :
Fuyez cette voix qui vous crie :
« L'honneur, notre idole chérie,
« Fonde assez la fidélité. »
Du fourbe ordinaire industrie !
Sa ruse livre la Patrie
A l'humaine fragilité.

———

Fiers zélateurs de lois bannales!
Qui de vous, ou des vrais Chrétiens,
Si j'en crois vos propres annales,
De l'État furent les soutiens?
A l'Église , une fois, rebelle,
Lutèce à jamais criminelle,
Du trône a violé les droits :
D'héroïsme illustre modèle,
La contrée à son Dieu fidèle
S'immola seule pour nos Rois.

Déjà le fer vengeur mutile
Ces arbres au feu condamnés,
Tiges dont un siècle infertile
Suçait les fruits empoisonnés.
Ah! de leur fatale semence,
Heureux, si l'âge qui commence,
Par quelque prodige est sevré!
Si, des temps la noire inclémence,
Aux sources de notre démence,
Ne l'a point encore enivré!

———

Et si, dans nos jeunes années,
Dés prestiges éblouissans,
A nos Ménades étonnées,
Surprirent quelques grains d'encens;
De leur ivresse mensongère
Confessons l'erreur passagère,
Aux autels de la Vérité :
Que, trop long-temps aventurière,
Notre ardeur suive la carrière
Qui mène à l'Immortalité.

FIN.